# 用最少的翅膀飞翔

费新乾 著

陕西新华出版
太白文艺出版社·西安

图书在版编目（CIP）数据

用最少的翅膀飞翔/费新乾著. -- 西安：太白文艺出版社，2025.2. --（诗意彩虹）. -- ISBN 978-7-5513-2917-0

Ⅰ.I227

中国国家版本馆 CIP 数据核字第 2025U6Z116 号

用最少的翅膀飞翔
YONG ZUISHAO DE CHIBANG FEIXIANG

| 作　　者 | 费新乾 |
|---|---|
| 责任编辑 | 汤　阳 |
| 封面设计 | 麦　平 |
| 版式设计 | 陈国梁 |
| 出版发行 | 太白文艺出版社 |
| 经　　销 | 新华书店 |
| 印　　刷 | 武汉鑫佳捷印务有限公司 |
| 开　　本 | 880mm×1230mm　1/32 |
| 字　　数 | 110 千字 |
| 印　　张 | 6 |
| 版　　次 | 2025 年 2 月第 1 版 |
| 印　　次 | 2025 年 2 月第 1 次印刷 |
| 书　　号 | ISBN 978-7-5513-2917-0 |
| 定　　价 | 388.00 元（全 7 册） |

版权所有　翻印必究
如有印装质量问题，可寄出版社印制部调换
联系电话：029-81206800
出版社地址：西安市曲江新区登高路 1388 号（邮编：710061）
营销中心电话：029-87277748　029-87217872

# 目 录
CONTENTS

辑一　001 ||　不惑之年

辑二　019 ||　给我一瓢饮

辑三　027 ||　拒绝发芽的种子

辑四　039 ||　这世界那么多人

辑五　049 ||　诗人与酒

辑六　055 ||　九条命

辑七　061 ||　我要做一枚硬币

辑八　069 ||　将自己蹚成一条路

辑九　075 ||　冬天来了

辑十　083 ||　一粒灰落下来

辑十一　091 || 多么炙热，多么冰冷

辑十二　097 || 离深渊又近一步

辑十三　105 || 人是多么奇怪的动物

辑十四　111 || 走出去

辑十五　119 || 沉迷于诗

辑十六　125 || 两三行

辑十七　133 || 悲哀地发现

辑十八　143 || 高烧不退

辑十九　151 || 生活素描

辑二十　157 || 命运的齿轮开始转动

辑二十一　163 || 人间一场雪

辑二十二　173 || 织长长的美梦

辑二十三　181 || 一切的风都上了岸

# 辑一
# 不惑之年

用最少的翅膀飞翔

## 不惑之年

1
从青丝到白头
父母隐瞒了无数病痛

从乡村到城市
我也习惯了遮掩伤口

只是有时真想大哭一场
为独自受难的父母与自己

2
就让我闭上眼睛吧
假装或真的死去
在这人世睁开眼太累

辑一 不惑之年

3

看透人生很可怕：

无非有罪之身，将死之人

4

"我的病

到了打电话给你的地步

你一定要尽早赶回来

见我最后一面……"

父亲的话一下子

将迟回三天的我

砸矮了好几寸

用最少的翅膀飞翔

5
从闪电下逃生的人
又遭受了一次闪电
他带着一颗烧焦的心
往前爬

6
一个人消失了
像石子投入水中
像灯隐入夜里
像雪花消融在雪上
像星星坠落在你眼前

辑一 不惑之年

7
商场北门的小型动物园拆场了
那匹孤独的马
那群挤成一团的鸟儿
那只患抑郁症的杀马特羊驼
赶在圣诞节前去了天堂

8
活了这么多年
还没学会怎么去爱
那么多爱装在心里
鼓肿得像蜜蜂的肚子
却用毒刺
蜇伤最亲近的人

用最少的翅膀飞翔

9
我该把最好的自己给你
新鲜、热血、枝叶繁茂
野生的自在的盛开的
不该将现在的自己给你
千疮百孔还心如磐石
胆小懦弱还武装到牙齿
灵魂还留着大火过后的灰烬

辑一 不惑之年

10
天塌下来
也懒得躲开

活成自己憎恨的模样
还沉溺其中

见惯了生死、炎凉
眼窝却依然那么浅

用最少的翅膀飞翔

11

这辈子

与父母拔河

与孩子拔河

与床拔河

与大地拔河

与世间万物拔河

最终输给了你

一败涂地

12

经过一千多个夜

我们慢慢习惯

各自抱着手机入眠

以孩子为分界线

睡成两个不同的国度

辑一 不惑之年

13

去楼下肯德基吃早餐

总会碰到一个独自玩耍的小孩

她妈妈是里面的服务员

年轻的脸上

挂着衰老的笑容


14

走在路上

遭遇各种口罩

蓝色白色黑色红色彩虹色

像一场假面舞会

盛大而微小

用最少的翅膀飞翔

15
八十岁的老父亲
一日三餐不离酒
进了 ICU
鬼门关走一遭
他偷偷告诉我：
过年白酒不用带
带点红酒吧

16
风吹了又吹
海水拍了又拍
不愿交还远方的人
被一朵云带走

辑一 不惑之年

17
一个灰色的人
比一个红色的人
一座死火山
比一座活火山
内心的温度更高

18
失眠时数星星
数绵羊
突然数到一个人
却忘了她长什么样子
像水面上的光
模糊而闪耀

用最少的翅膀飞翔

19
黑夜来了
困在绝境
这时神会降临
给你指出方向
那是唯一的活路
不过看上去
还是一条死路

20
一只蜜蜂绕着我转
它是嗅到了我心尖上
那点陈年的蜜吗

辑一 不惑之年

21

深圳十六年

我是温水里的青蛙

海水里的淡水鱼

捞起破碎月亮的猴子


22

习惯性咳嗽

有时咳出一团火

有时咳出一块冰

有时咳出虚无之物

譬如一个女人的影子

23

想要慢下来

却发现自己更快了

就像小时候一个人走夜路

一个劲向有光的地方奔跑

24

有的话咬碎了

咽下去

还会变成结石

有的记忆浮起来

按下去

还是一块心病

25

大风吹彻

就算我把自己折叠起来

也躲不过去

直至我拐入另一条道

26

带走奶奶的那场雪

在心头下了整整三十六年

掩埋了二分之一的我

27

来不及了

还有那么多盏灯没有点亮

还有那么多人没有去爱

还有那么多话没有说出

还有那么多诗篇藏在心里

那么多火焰那么多岩浆

那么多灰烬

星星掉下来了

月亮掉下来了

太阳掉下来了

在等待宝贝

将它们一一挂回原处

## 辑二

## 给我一瓢饮

用最少的翅膀飞翔

## 给我一瓢饮

1
只有在写诗时
才觉得自己是干净的

2
诗歌像体内的闹钟
每天准时将我唤醒

3
打开文档
像走进一块自留地
埋首收割
镰刀闪着寒光
沾满文字的尖叫

辑二 给我一瓢饮

4

熟透了

快要烂在地里

我赶紧起床

在黎明时分

抢收金黄的诗歌


5

被生活抽打

拼命写下去

过度的发光发热

钨丝眼看就要烧断了

用最少的翅膀飞翔

6

穿透血肉

骨头

细胞

才能笔下

有人

有神

有魂


7

诗歌能让人飞上云端

也能让人粉身碎骨

能让人烧得像个太阳

也能让人冷得像根冰棍

能让人尝到最甜的蜜

也能让人喝下最苦的酒

就像情窦初开时的爱情

就像你之于我

辑一 给我一瓢饮

8
躺在沙发上想一句诗
比想一个人更奢侈

9
诗歌是一味药
我需要的剂量越大
药效越小
直至无药可救

10
这么多年了
在文字里流浪
只有诗歌收留我
给我一瓢饮

用最少的翅膀飞翔

11
手指落在键盘上
像雪落在我的乡村
如此圣洁
如此绵长

12
为了写这几行破诗
我忍着疼痛
一次次将心掏出来

13
每天有灵感
像韭菜一样冒出来
等待我收割

辑一 给我一瓢饮

14
洗一次澡
写一首诗
都是一种清洁


15
灵感熄灭前
做个任性的孩子
胡乱涂抹
真好

## 辑三

## 拒绝发芽的种子

## 拒绝发芽的种子

1
雪只下了一层
宝贝已忍不住欢呼
在车顶画了一个爱心
他奶奶提着篮子
赶在另一层雪来之前
扯了十几个萝卜回家

辑二 拒绝发芽的种子

2

与圣诞节

隔着一层薄薄的夜

宝贝还沉在梦里

我从床上爬起来

为他写诗

一直写到天亮

窗外的鸟儿唱起歌

我俯身在他耳边

为他默念了刚写的诗

用最少的翅膀飞翔

3
喜欢糖
喜欢车
喜欢两只乌龟
喜欢睡懒觉
喜欢一个叫梅理涵的女生
她是小可爱
妈妈是大可爱

4
夜里常常醒来
看看宝贝
给他盖好被子
悄悄亲他一口
就像一个守财奴
又擦拭了一遍他的金币

5

心快要被掏空时

宝贝一次次将它填满

灯快要燃尽了

他总能变出油来

好像一个魔法师


6

星星掉下来了

月亮掉下来了

太阳掉下来了

在等待宝贝

将它们一一挂回原处

用最少的翅膀飞翔

7
用好长好长的线
系住龙卷风
带着它到处遛
不让它搞破坏
它就变成
好乖好乖的小可爱

8
晚安布加迪
晚安法拉利
晚安兰博基尼
晚安闪电麦坤
晚安爸爸

辑三 拒绝发芽的种子

9
宝贝画的太阳
是一颗爱心
是一支棒棒糖
爱心献给妈妈
棒棒糖留给自己
因为爸爸还没回家

10
宝贝哭着说：
如果我听话
妈妈会一直不老吗？
就算老的时间到了
还会再回来

用最少的翅膀飞翔

11
宝贝告诉爸爸一个秘密
一眨眼
秘密就长了翅膀
飞到妈妈那里去了

12
将宝贝拖出被窝
送他到楼下的幼儿园
阳光和往日一样灿烂

回家才想起今天大雪
想起爸妈把我拖出被窝
给我多添一件衣裳

辑二 拒绝发芽的种子

13

背对太阳的我

被宝贝脸上的阳光照亮


14

进入小雪了

宝贝还是不愿盖被子

就像一颗种子

一次又一次掀开大地


15

收纳一颗地球的兴奋

胜过收藏一颗火星

甚至一颗很酷的天王星

为了表示特别大的喜欢

将它和奥特曼卡片一起

压在了枕头下

用最少的翅膀飞翔

16
能不能停下来
不往前走了
不向上爬了
不要明天了
做一颗拒绝发芽的种子

像一枚洋葱

一层层剥开自己

每剥一层

都比原来的我

更小更柔软

更抱紧自己

## 辑四

## 这世界那么多人

用最少的翅膀飞翔

## 这世界那么多人

1
这世界那么多人
而你是孤独的一个
在夜深处
像萤火虫一样发光
习惯了一个人
习惯了沉默不语
习惯了在黑暗中
紧紧抱住自己
像握住一根救命稻草

辑四 这世界那么多人

2

黑色一层

接一层盖了上来

有的厚有的薄

有的重有的轻

有的一掀就开

有的裹得严严实实

头顶的黑和脚上的黑

你的黑和我的黑

并不一样

用最少的翅膀飞翔

3

雨是最深的颜色

将世界胡乱涂抹

绿色四处流淌

溢出了夏天的杯子

你离我远去

那倔强的背影

就像甩出的一滴墨汁

晕染了整个天空

4

等一场风来

像等一个不归的人

在雨的后面

在夜的深处

在梦的水面

闪现她的涟漪与裂纹

5

丢下昨晚的兵荒马乱

告别那孤魂与野鬼

忘掉醉酒

抹平眼袋

锁上疲惫与懈怠

在新的一天出发

就像那早起的鸟儿

振翅飞上天空

用最少的翅膀飞翔

6

心中的血

落在笔下变成灰

眼里的泪

流到纸上蜕成尘

我为你写下的

所有故事

经不住岁月

一场微风轻拂

7

提纯一段孤独的时光

加上薄荷味的思念

与柠檬味的忧伤

插上一个独立寒江雪的孤影

赐你一饮而尽

在炎炎夏日从头凉到脚

辑四 这世界那么多人

8

一边蛙鸣

一边机器的轰响

将夏夜截成了两半

一半还给乡村

一半赐给城市

有多少人钟摆似的

来回摆荡

用最少的翅膀飞翔

9
越过山丘
前方是另一座山丘
穿过大海
天边是另一片大海
所有的路
不过是接着另一段路
我穷尽一生
一直在赶路
俨然一头拉磨的驴

## 10

那么多人上车
那么多人下车

那么多人说话
那么多人沉默

那么多人浮在阳光中
那么多人沉在阴影里

那么多人往前走
让大地震颤

那么多人向上爬
遮蔽了天堂

## 辑五

### 诗人与酒

用最少的翅膀飞翔

## 诗人与酒

1

诗人说

今天喝最后一顿酒

因为长期酗酒

疑似股骨头坏死

很少人知道

他喝酒后写不了诗

就是想喝而已

2

早上可以不喝

中午可以不喝

晚上不喝睡不着

像害了相思病的少女

## 辑五 诗人与酒

3

诗人说要戒酒一天
早早做了一大碗腌面吃了
最终还是没忍住
就着茶喝了半斤
我也有点醉了
似乎陪着他喝了一宿

4

宿醉的后遗症
不是头痛也不是失眠
而是无边的孤独
一个人堕入黑洞

用最少的翅膀飞翔

5
诗人需要粮食和水
酿成最烈的酒
一饮而尽
让一道灵感的闪电
从头顶劈到脚底

过烈的酒

过火的爱

尝过一口

就一辈子忘不了

———

# 辑六
# 九条命

用最少的翅膀飞翔

## 九条命

1
江水会记得我吗
十岁那年
我溺死在江闸
三十年过去了
妈妈放生了无数的鱼
她认出我了吗


2
那块火砖会记得我吧
毕竟留有我的血
从二楼摔下时
咳了不止一口血在它身上
它被垒在墙脚处
像开了一簇太阳花

辑六 九条命

3

在三伏天

盖着五床棉被

还是冷得打摆子

阳光像雪一样

深深覆盖了我

最后一片阳光

卡在喉咙里

吐不出来了

4

满天的星星被吓着了

从未见到一个孩子流那么多血

像是一个泉眼

它不知道那个晚上

我流尽了几辈子的血

用最少的翅膀飞翔

5
大地拥抱着我
让我越陷越深
无名小花开满脸
一棵笔直的树
扎根于胸口
来祭扫的妈妈
每次哭累了
都背靠着它睡去

喜欢车

喜欢两只乌龟

喜欢睡懒觉

喜欢一个叫梅理涵的女生

她是小可爱

妈妈是大可爱

―――――

# 辑七
# 我要做一枚硬币

用最少的翅膀飞翔

## 我要做一枚硬币

1
如果没有生活的惯性
我还能拥抱你吗
就像一棵树
没有万有引力
依然扎根于大地

2
第一次拥抱
我们打着寒战
每个毛孔都闭合了
不敢呼吸
在盛夏的阳光下
像两具敲碎的冰雕

3

冬天的灯

比夏天的灯更温暖

年长的爱

比年少的爱更绵长

你的灯亮着

爱就不会熄灭

4

想起那个冬夜

走遍了校园的阴暗处

还是没敢牵一下你的手

就这样让双手

一直暴露在寒风中

冻成两块合紧的贝壳

用最少的翅膀飞翔

5
你让雪从头下起
覆盖了我的全身
一点点堆积成
没有污点的雪人

6
关好灯
沉进黑暗中
我才敢想你
才敢抚触
那耀眼的光

辑七 我要做一枚硬币

7

在喝粥时想起你

喝一口烫着了舌头

喝一口烫着了喉咙

喝一口烫着了肠胃

最后一口

烫着了我的心


8

回到二十岁

为你写一封情书

字里滚动着火焰

行间点缀着星星

纸上涂满了

一半湖水一半海水的蓝

你看不到湖面的风霜

更见不到海底的冰山

用最少的翅膀飞翔

9
明知是杯毒药
也要一口干掉
因为是你赐给我的
任何的迟疑
都是背叛与亵渎

10
两片不同的树叶
在同一条河浮浮沉沉
难免失散
难免倾覆
但终究会流入大海
也许这就是爱

辑七 我要做一枚硬币

11
我不做太阳
也不做月亮
只展示光辉的一面
我要做一枚硬币
把正反两面都给你

12
谁不爱那年轻的肉体
那麦芒上的光
那针尖上的蜜

# 辑八

# 将自己蹚成一条路

用最少的翅膀飞翔

## 将自己蹚成一条路

1
没人会相信
深圳下雪了
大朵大朵的雪花
落在我一个人身上
像聚光灯笼罩
不放过每一寸

2
做了父亲
就注定只能往前走
前面没有路了
将自己蹚成一条路

3
躺在黑夜里
就像躲进母亲的子宫

4
不喝酒的理由
开车，高血压，吃了头孢
都不及"封山育林"好使
就这样我有了一个
一直在孕育的二胎

5
自由是有边界的
夜尽了，潮退了
困倦与孤独如约而来
只有抱紧自己
才觉得没被世界遗弃

用最少的翅膀飞翔

6
今夜没有喝酒
没有唱歌
没有去海边
没有去教堂
连楼下商场都没去
在家平平安安地过了

7
眼窝真是越来越浅了
冬天的早晨喝着热粥
看到一个人"被精神病"
一个怀孕的女诗人
一只爱上月亮的狐狸
打湿了我的眼眶

8

昨晚的酒渍

在衣服上消失了

昨日之我

仿佛从未存在

9

如果有完美的死

我不死在酒中

也不死在爱中

我选择死在诗里

像鸟儿死在天上

如果有完美的活

我不活在酒中

也不活在爱中

我选择活在诗里

像鸟儿活在天上

辑九

冬天来了

用最少的翅膀飞翔

## 冬天来了

1
一个人早起
享有了整个城市的
喧嚣与骚动

2
窗含白云
不止一朵
床衔阳光
不止一席

辑九 冬天来了

3
从市里去海边
从海边回市里
跨过年了
我们还在一起
没有分开

4
一枚树叶上的寒冬
冻僵了一个早起的人
忘了春天
忘了阳光
忘了有个人还在等他

用最少的翅膀飞翔

5
冬天来了
在最冷的一天
我的怀里空空如也

6
习惯了在名词里过冬
小雪大雪
短袖T恤
海边沙滩上
比基尼依然盛开
直到冬至
细雨纷纷
织出了冬天的影子

辑九 冬天来了

7

从天上掉下来

从楼上掉下来

从山上掉下来

梦中惊醒

童稚已沧桑

8

风穿过阳光

阳光透过玻璃

隔着玻璃

一个人被慢慢风干

用最少的翅膀飞翔

9
不止一次
踏进同一条河流
卷入同一个漩涡
经历同一种噩梦

第一次拥抱

我们打着寒战

每个毛孔都闭合了

不敢呼吸

在盛夏的阳光下

像两具敲碎的冰雕

————

# 辑十
# 一粒灰落下来

用最少的翅膀飞翔

## 一粒灰落下来

1
一粒灰落下来
足以覆盖
属于它的大地

2
苦不苦了
痛不痛了
爱不爱了
恨不恨了

辑十 一粒灰落下来

3

我是你的起点

你是我的尽头

4

人啊

不是还债

就是还命

5

风往哪吹

水往哪流

路往哪走

无须答案

自有结果

用最少的翅膀飞翔

6
将种子还给大地
将白云还给蓝天
将彼岸还给大海
将星星还给银河
将爱全都还给你


7
不要叫醒做梦的人
不要让他睁开眼睛
不要让他看清真相
愿意活在梦里的人
就让他活在梦里吧

8

天是怎样亮的

天是怎样黑的

爱是怎样来的

爱是怎样去的

心是怎样满的

心是怎样空的

人是怎样活的

人是怎样死的

用最少的翅膀飞翔

9

自由

解放

罗曼蒂克的鸦片

出轨

私奔

春光乍泄的毒药

10

苦于批评

苦于赞美

苦于歌唱

苦于说话

苦于呼吸

11

我与你

隔着一张纸

隔着一堵墙

隔着一座山

隔着一片海

隔着一道银河

隔着一块墓碑

12

一边生长一边死亡

一边抽芽一边枯萎

一边燃烧一边熄灭

一边爱你一边恨你

## 辑十一
## 多么炙热,多么冰冷

用最少的翅膀飞翔

## 多么炙热，多么冰冷

1

多么炙热

多么灿烂

多么闪耀的诗歌

多么冰冷

多么苍白

多么灰暗的诗人

2

中午喝酒

透支晚上的快乐

提前挥霍了相聚

过早地迎来分别

辑十一 多么炙热，多么冰冷

3

没有让你瘦下来

没有让你一夜白头

没有打垮你摧毁你

流干你的泪和血

让你变成行尸走肉

那不叫痛

更称不上苦

4

有多爱自己

就能写得多快

总害怕

明天会消失

自己醒不来

用最少的翅膀飞翔

5
扎穿自己的气球
飞得更快
掏空自己的柴火
烧得更旺
诗人应作如是观

6
绑上生活的战车
沿着时间的轨道
在惯性的牵引下
奔向命运的终点
没有下车的机会

辑十一 多么炙热,多么冰冷

7
一堆柴烧尽了
一管牙膏挤完了
一条河流干了
写下最后一个字
我将转身离去

# 辑十二
# 离深渊又近一步

用最少的翅膀飞翔

## 离深渊又近一步

1
醉成一摊烂泥
多希望你是我背后的墙
没有嫌弃我吐在你身上
当我嫌弃自己的时候
你依然扶着我

2
多么无趣而危险
一桌人都在喝酒
而你端着一杯茶
每喝一口
你都想把桌子
掀到这群酒鬼的脸上

3

千里走单骑

勒马在悬崖边上

风筝飞入云端

命悬一线

怯懦的人啊

离深渊又近一步


4

倒车!

拥车!

不止一次惊醒我

如惊雷

似棒喝

用最少的翅膀飞翔

5

闭上眼睛

沉入深夜

眼皮上压着滔天巨浪

眼皮下静水流深

6

医生告诫:

少油、戒酒、减肥、运动

每条保命之道

都要了我的命

7
很久以前
我学会了去爱
后来发现
那些爱过的人
一个个消失了
我还是只能爱自己

8
多少爱像这荆柑
水分很足
就是有点酸

用最少的翅膀飞翔

9

一夜的放纵

需要几天来收敛

来填充

打开后的虚空

10

放下欲望

关掉思想

做一根熄灭火焰的蜡烛

举着光秃秃的孤独

那赤裸裸的伤口

永不愈合

11

在乡下扫地

房子越扫越矮

直至矮成一座坟

在城里扫地

房子越扫越高

直至高成一块碑

辑十三

人是多么奇怪的动物

用最少的翅膀飞翔

## 人是多么奇怪的动物

1
人是多么奇怪的动物
换个枕头都睡不踏实
换个枕边人却能睡得更香

2
眼睛里有泉水的人
清凉甘甜
有湖水的人
秋波流转
有海水的人啊
……
咸得要死哩

3

海上养狗

城里放牛

夜观星星

一颗颗坠入人间

孤独、闪光

而决绝

4

从机场出口

涌出一群北方人

从冬天洄游到夏天

他们不自觉地抬起手

遮住额头上的阳光

用最少的翅膀飞翔

5
路过烟火
路过灯火阑珊处
路过不知名的街巷
与陌生人擦肩而过
心里莫名地温暖与感动

6
靠一丝光亮活着
在一点黑暗中死去
一明一灭
已度过一生

辑十三 人是多么奇怪的动物

7

百分之五的黑

百分之五的白

百分之九十的灰

红尘万丈

也不过是灰里打滚

8

如果把我拆开

灰色的骨头

残缺的面具

透明的灵魂里

一半湖水

一半海水

# 辑十四
# 走出去

用最少的翅膀飞翔

## 走出去

1

夕阳泡在海水里

将光芒清洗成银色

化身一轮明月

2

秋无落叶冬无雪

只有春夏的花

装扮着我的窗口

是该庆幸

还是该遗憾呢

辑十四 走出去

3

把天的一角拍进去

要有白云

把浪花拍进去

那边有海鸥

海就活了

一位老诗人拍照时

频频提醒我


4

走出去

发现山与海

邂逅一种逆季的植物

开得放肆而烂漫

只为不辜负它的名字：

黄金熊猫

用最少的翅膀飞翔

5

这个城市

覆盖着浅浅的阳光

我的家乡

覆盖着厚厚的雪

我在阳光里

看到了雪花的模样

6

爬上一座山

才发现人的小

鸟儿翅膀上的风

树叶上的光芒

都很盛大

辑十四 走出去

7

一群鸟儿

开了一树白花

有时飞去

一朵朵飞翔的花儿没在天边

只剩绿色波浪

一层层覆盖了整个世界


8

用一根鱼线

钓起了大海的浪花

钓起了一阵风

钓起了蒙蒙细雨

钓起了沙滩浅浅的脚印

钓起了一个灰色的天际

一些飞鸟的翅膀与闪电

用最少的翅膀飞翔

9

一群鸟

被夕阳带走

化作天边的云彩

一个人

走进荒草深处

眨眼间消失不见

那个赤子啊

正被大地一点点

掩埋与吞噬

你让雪从头下起

覆盖了我的全身

一点点堆积成

没有污点的雪人

———

## 辑十五

## 沉迷于诗

用最少的翅膀飞翔

## 沉迷于诗

1
庆幸
将一生中最美的年华
献给了爱情
将一天中最好的时光
留给了诗歌

2
只有躺下
才能从心里淌出诗来
像水向下流
果实垂向地面
男人趋向女人

辑十五 沉迷于诗

3

长这么大

从未见过一个干净的人

一场坚贞的爱情

一段永恒的时光

所以我才沉迷于诗歌


4

拿着手机写诗

就像土里刨食的农民

一锄头下去

是土坷垃

还是大红薯

是一种偶然

也是一种必然

用最少的翅膀飞翔

5
剥离诗歌
很多诗人就是酒鬼
与妄想症患者
李白和我都一个死样

灵感熄灭前

做个任性的孩子

胡乱涂抹

真好

# 辑十六
## 两三行

用最少的翅膀飞翔

## 两三行

1
打桩机吵醒了城市
一如公鸡唤醒了乡村

2
一群人围观一群动物
确认彼此圈养的身份与范围

3
月光抽打孤魂野鬼
直至阳光穿透身体

辑十六 两三行

4

神的灵运行在水面上

人的魂飘浮在屏幕中

5

在飞驰的地铁里

感受被时代抛下的加速度

6

窗外的风景一晃而过

多少人擦肩而过

7

我煎着夜

夜熬着我

用最少的翅膀飞翔

8

十七年的荒芜

让我现在的每一次挥锄

都那样吃力而迫切

9

梦里觅得的好句

让我不能睁眼

以免不翼而飞

10

每次醒来

都会蜕一层皮

灵魂轻了几克似的

辑十六 两三行

11

入深十六年

依然只有圈子

没有根


12

脸刷多了

开始模糊

直至一片空白


13

抬头仰望星星

发现星星站在天上

俯视我

用最少的翅膀飞翔

14

穿过雨幕

湿淋淋归来

这城市的游子

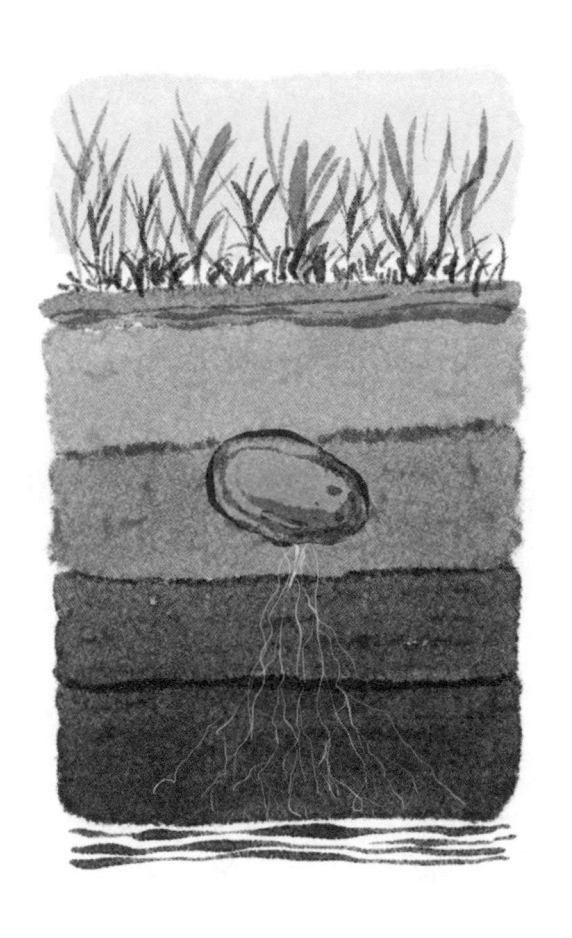

能不能停下来

不往前走了

不向上爬了

不要明天了

做一颗拒绝发芽的种子

―――――

## 辑十七
## 悲哀地发现

用最少的翅膀飞翔

## 悲哀地发现

1
终于
悲哀地发现
我胜任不了任何角色
连"自己"都做不好

2
时间到了
苹果还没从树上掉落
世界就会失去万有引力
就像你还没认识我
人间就不再有爱情

3
在世俗混得越成功
就越忐忑
脚下的悬崖又抬高了
一点点

4
又梦到爸妈的老房子
在大风大雨中
向大地一点点倾斜
俨然爸妈被压弯的腰

5
孩子出生后
我便拥有了深圳
爸妈在
我就一直拥有故乡

用最少的翅膀飞翔

6

迎来新的一天

沉默了整晚的雕塑

在阳光的救治下

活了过来

7

一张床

穿越了四季

小儿处在夏天

妻子处在冬天

而我在春秋之间摇摆

8

我无视

远山的召唤

窗前阳光的探视

消失在床上

辑十七 悲哀地发现

9

过烈的酒

过火的爱

尝过一口

就一辈子忘不了


10

老房子

架起火来烧

身子还是潮的


新房子

溅到一点火星

就烧到了骨子里

11
从或深或浅的夜里
爬到黎明的井口
中途滑落数次
俨然一只叫西西弗斯的
井底之蛙

12
一个人来深圳
面对千军万马
闯出生路
或堕入深渊
无一不是遍体鳞伤

13

在冬日夜色中

几个老男人谈起了过往

青春、梦想、女孩

他们不再哆嗦

就着这些片刻的火花

喝下一杯又一杯苦酒


14

在城市听到鸡叫

一遍两遍

直到第三遍

才确认不是在梦中

用最少的翅膀飞翔

15

1038 号 502

装着前年的我

去年的我

却不见了今年的我


16

黑白键

在她身体里起伏


音符从心脏流向手指

又从手指逆流回心脏


她弹奏钢琴

一如钢琴弹奏她

辑十七 悲哀地发现

17

不说道别

却已再见

一个人穿过街巷

雨打在心底

默然不语

是我们的默契

## 辑十八

## 高烧不退

用最少的翅膀飞翔

## 高烧不退

1
忘记星期几

忘记一些重要的日子

忘记回家的路

忘记自己的名字

忘记珍藏心底的人

就像一棵树

抖落了所有的叶子

就像一个黑夜

吞下了满天星光

辑十八 高烧不退

2

将一座山一颗星

涂抹在风车上

用十种颜色喂养河流

当风来了

山水旋转成彩虹

彩虹旋转成孩子的欢呼

丢给我一条瘦下去的街

一个胖起来的太阳


3

害怕思考

担心抑郁

不愿意柔软

石头一样坚硬

机器似的无知无觉

却在潜入深夜时

哭成一个孩子

用最少的翅膀飞翔

4
一日三餐
一年四季
日子重复日子
流水覆盖流水
今天比昨天
不会多一颗石子
多一克灵魂
除了对你的想念
又添几分

辑十八 高烧不退

5

一个人一直走下去

一条河一直流下去

一棵树一直瘦下去

一个夜一直黑下去

没有星星没有月亮

只有一盏灯一直亮

一直亮

6

我该多么幸运

活过了许多天才

没有跳楼没有卧轨

没有杀人没有被杀

挤在人群中

躲入黑暗里

捂着胸口高烧不退

用最少的翅膀飞翔

7

在这羊群遍地的年尾
在这失声失眠失魂的人间
在这无人相拥无法飞翔的长夜
在这寒风吹彻大雪弥漫的远方
在这眼泪涌出灵魂冰封的时刻
还是要对所有人道一声新年快乐
除了这声祝福
还有什么可以证明我们活着

每个人都是孤岛

抑或孤坟

被囚

抑或被埋

———

# 辑十九
# 生活素描

用最少的翅膀飞翔

## 生活素描

1
不该和某人
分享一半的海水
一半的月亮
从而
付出全部的人生
全部的深情

辑十九 生活素描

2

独占了一座山

一个秋天的午后

一株开到凋零的山花

一声声鸟鸣

雨点似的落下来

溅湿了前路与归途


3

秋天的加减法

三分赐云彩

七分遗人间

只需举杯

就能饮尽斜阳

一轮明月

从你眼眸升起

用最少的翅膀飞翔

4
有时翻不出酒桌
有时延伸至地铁
有时收缩你的灵魂
有时扩展你的肉身
灵与肉的距离
许是酒精的半径

5
一颗石子
投入一个夜的黑
惊起一圈圈的寂静
这样的沉溺
坠落
这样迷人的孤独

6

土豆堆在阳台上发芽

孩子窝在床上睡觉

中年人瘫在沙发上发呆

小狗立在饭桌下撒尿

这样的生活素描

每天早晨都在上演

仿佛一个泉眼

不停在冒泡

## 辑二十
## 命运的齿轮开始转动

用最少的翅膀飞翔

## 命运的齿轮开始转动

1
命运的齿轮开始转动
绷紧二十四根肋骨,咬合二十八颗牙齿
旋转这一颗脑袋,颠倒那一世命运
蜕去这一身皮囊,羽化那一缕孤魂
命运的齿轮正在粉碎

辑二十　命运的齿轮开始转动

2

去不了远方

只能抱紧想象的翅膀

打捞不起水中月

用诗歌焊接所有碎片

挽留不了昨日

就在今天的彼岸

淘洗出一个新的我

又捏出一个新的她


3

风在敲你的门敲你的窗

敲你的头敲你的眼皮

但你不愿睁眼不想原谅

将她死死焊在心门之外

用最少的翅膀飞翔

4
再等下去
夜就冷了
血也凉了
心里的火眼看熄了
我只能抓紧收集
最后一星火种
最后一口气
最后一滴血

5
摘下满天星星
捕捉遍地萤火
将月光倾尽
只愿黑夜不深
总有光亮照着你

习惯性咳嗽

有时咳出一团火

有时咳出一块冰

有时咳出虚无之物

譬如一个女人的影子

## 辑二十一
## 人间一场雪

用最少的翅膀飞翔

## 人间一场雪

1
人间一场雪
从冬天下到春天
从乡村下到城里
从青丝下到白头
覆住了生
也盖住了死

2

喝到最后

扑倒在沙发上

那些送上车的朋友

奔赴下一场酒局

而你像落单的候鸟

找不到回家的路


3

赏同一湖荷

遭遇同一场大雨

在同一阵风的吹赶下

踏进同一条河

只是我不是同一个我

你不是同一个你

用最少的翅膀飞翔

4

想得太多

难免触礁在失眠的大海里

不如丢下所有思想

让自己浮在海面

随黑夜无边无际地起伏

如月光一般轻盈与易碎

5

洗去骨子里的灰

除掉灵魂里的苦

在蜜汁里打个滚

变成一支棒棒糖

甜到发腻

稠到粘牙

你会捧我在手心吗

6

再不踏青

夏天都过了

再不嬉闹

童年都过了

再不天晴

人都发霉了

再不抒情

花草白长了

用最少的翅膀飞翔

7

在夏至后

遭遇又一个端午节

昨日之我与今日之我

共浮一大白

不胜酒力的昨日之我

满脸通红的今日之我

对饮在一个平行时空

任由时间流逝

快到虚无

8

当蚯蚓在地下松土
地铁在城市里疾驰

当蛙鸣响彻乡村
机器的轰响拉开帷幕

当牛羊归圈倦鸟归巢
我们开始一场又一场酒局

当一切归于寂静
乡村与城市皆为彼岸

9

这一天不喝酒

不写诗

不走个一万步

不和你见一面

总觉得少了什么

心空了一块

宛如江堤的蚁穴

亦似死灰下的星火

10

腾着云驾着雾

灵魂浮在半空中

看肉身一杯接一杯

干下人间的苦酒

灵魂越来越轻

肉身越来越沉

如果没有生活的惯性

我还能拥抱你吗

就像一棵树

没有万有引力

依然扎根于大地

# 辑二十二

## 织长长的美梦

用最少的翅膀飞翔

## 织长长的美梦

1
风儿踮着脚溜了进来
差点被夹住尾巴
星星蹦蹦跳跳地闪进来
铺满了一整床
只有胖乎乎的月亮
怎么挤也挤不进来
直至它瘦成一弯月牙儿

2

一躺下来

感觉整个人

坍塌了

融化了

连一根骨头都抓不住

直至夜色褪去

阳光一点点将你

拼凑还原

用最少的翅膀飞翔

3

我又成为那个

躲在自己世界里写诗的男孩

筑高高的围墙

织长长的美梦

在一张沙发上

就能构筑出王国

就像鸟儿在树枝上

用翅膀幻化出整个宇宙

4

雨天适合怀念

一个远去的人

一张模糊而亲切的脸

就像水面的月亮

一碰就碎

5

一个平常的夜晚

因为喝酒

无端刮起一阵风

升华起一轮月亮

酝酿出对影成三人


以至于我们在分开时

仿佛经历了三生三世

那些年的好时光涌上心头

都在等候

却话巴山夜雨时

用最少的翅膀飞翔

6
多少次踏入同一条河
遭遇同一个除夕
在柴火旁守来同一个春天
除了那杯温着的酒
还有你滚烫的指头与舌尖
穿过沉默的荒野大地

7
抓住彼此救命的稻草
承受命运的电光石火
喝下三千弱水迷魂汤
沉入万丈红尘修罗场
我修成一个你
你修成一个我

入深十六年

依然只有圈子

没有根

———

# 辑二十三
# 一切的风都上了岸

用最少的翅膀飞翔

## 一切的风都上了岸

1
一棵树绿成一片森林
一朵花开出一个春天

所有的雨都汇成河流
一切的风都上了岸

这是一个美丽的季节
可以来一场私奔

黑夜比情人还温柔
死亡比春风更沉醉

## 辑二十三 一切的风都上了岸

2

浪费一瞬间

浪费一滴水一粒米

浪费小小的心动

浪费大大的梦想

一生都在虚度

这样的人生

就像浪花掀起的泡沫

只有堆聚在一起

才能证明曾经活过

并掀起这世界的大潮

用最少的翅膀飞翔

3

遗在深山老林中

像一颗史前的陨星

寂寞了多少年

淋了雨经了霜披了雪

扬起全身的翅膀

鼓荡山里的风

在一片深黛的沉默中

举起嫩黄的小手

烟火般腾空炸裂

热烈而庄严地喷薄

4
穿越一场雪
从少年到中年
从湖北到广东
轻的白重的白
无限的白

穿越一场雪
从血液到骨头
从前世到今生
活的白死的白
唯一的白

用最少的翅膀飞翔

5

地上的人醒着

天上的星星醒着

迎面的风醒着

连死去的回忆

连地下的遮蔽的

见不得光的

都醒了过来

不止不休的喧嚣

无边无涯的骚动

见证时光从此跨越